KB053381

입김이 닿는 거리

평사리문학상 시 부문 대상 수상자 시집 I

입김이 닿는 거리

도서
출판 북인

박경리 선생의 문학정신과 작가정신을 잇는다

소설가 박경리 선생과 작품 『토지』를 기리는 〈토지문학
제〉가 올해로 20주년을 맞는다. 짧지 않은 연륜이다. 매년
〈토지문학제〉가 열릴 때마다 평사리문학상 시상식도 함께
열린다. 우리는 그 문학상 시 부문 수상자들이다. 20주년을
맞아 수상자 시집을 내게 되었다. 기쁘고 고마운 일이다.

평사리는 경남 하동의 한 마을이지만 대하소설 『토지』의
작중 무대이자 중심 무대였던 탓으로 문학상 이름으로도
선택되었다. 평사리하면 『토지』, 『토지』하면 소설가 박경리
선생, 이렇게 자연 연동이 된다.

이 걸출한 작가의 그늘에 작은 인연으로나마 깃들여져
문학활동을 할 수 있다는 것이 우리에겐 큰 영광이고 긍지
이다. 목숨이 있는 이상 글을 쓰지 않을 수 없었다, 며 암 수
술 퇴원 당일부터 가슴에 붕대를 감은 채 원고를 썼다는 선
생의 작가정신과 세상의 모든 생명은 나뭇잎을 흔드는 바
람까지 소중하다고 한 선생의 작품정신을 우리는 존중하고
섬긴다.

코로나19가 팬데믹 상태로 돌진한 현재 세상에선 선생이
소설 『토지』에서 보여준 생명윤리주의사상이 더 찬란한 빛

을 발하고 있다.

우리는 모두 그 이름에 누가 되지 않는 작품을 쓰려고 노력하는 중이다. 그래서 그런지 기 수상자들은 평사리문학상 외에도 여러 공모전에서 다채하게 당선된 이력을 가진 문재文才들이다. 앞으로도 박경리 선생과 그 문학정신과 작가정신을 잊지 않는 문학인으로 열심히 정진해나갈 것을 다짐한다.

평사리 토지문학제 20주년을 축하하며 20주년이 되도록 변함없이 관심을 가져준 하동군과 토지문학제 추진위원장 최영욱 관장, 평사리문학관 관계자들께 심심한 감사의 인사를 올린다.

평사리문학 시 부문 수상자
회장 이해리

차례

조정인

제2회 수상자/ 2002년

1998년 『창비』 등단. 시집 『사과 얼마예요』 『장미의 내용』 『그리움이라는 짐승이 사는 움막』, 동시집 『새가 되고 싶은 양파』 등 출간. 평사리문학상 시 부문 대상, 지리산문학상 수상

이화梨花

도처에 금가는 소리 고쳐 베는 봄밤

뚝! 지구 살 트는 틈새로 찬 물방울 듣는다
물방울 없다 마른 이마를 문지르며
내려선 마당
나무, 한 家系 소리 없이 밀리는 미닫이 사이
내보이는 버선발,
낯설도록 흰 저 빛은
전생이 반납한 서랍에서 꺼낸 빛

뿌리의 계보,
빙하시대로부터
둥두렷 떠오른 익사체 얼음 서걱이는 무명옷,

저쪽 생이 제 모습 되쏘여 보여주는 거울 앞에
이화와 마주 선 새벽
나무 아래는
밤 새워 누군가 마음 지피던 온기

사과는 깜짝 놀라 저도 모르는 두 손을
꺼내 부푼 스커트를 눌렀다

온 힘으로 난간인

노출된

고독.

마를린 먼로라는 눈부신 결함이

흰 깃털처럼 흩날리던

어느
바람 부는 날.

모과의 위치

그 윗가지 그 옆가지 그 아래가지에 문득문득 새처럼 날
아 앉은
푸른 모과들

깃 치는 소리 낮게, 더 낮게 내려앉은 모과는 지금 스스
로 벅차오르는
기쁨의 위치

사물이 지닌 기쁨의 흘수선을 파드득 치고 날아오르는
조무래기 천사
발꿈치를 좇다가 놓치고 들어온 이후

잎사귀 사이 모과는 아무 일 없었다는 듯 모과 쪽으로 얼
굴을 돌려
모과만을 보여주었다 풀밭에 내려앉은 까치가 호젓한 하
느님에서
훌쩍, 까치 쪽으로 건너뛴 이후처럼

선반 위의 통명한 모과는 어느 날 불쑥, 한 덩어리 의혹
을 내밀며

갈색 반점으로 뒤덮인 살덩이 쪽으로 옮겨 앉는다

지층의 그늘을 표면으로 다 우려낸 지상의 마지막 얼굴 같은 모과는 지금
갈애를 품은 심장의 위치 또 어느 날의 모과는 요절한 시인의 초상처럼
외로 기울어 너머의 시간을 다 이해한다는 식인데

한 고요가 한 고요에게 건너오는 이 수평적 평온은 어디서 오나

눈 쌓인 나목 그 윗가지 그 옆가지 아래가지에
빛이 싹트는 방향, 모과의 동쪽이 벌써 와 있다

입김이 닿는 거리

웃자란 열무가 흰 꽃밭을 이루고 있는 공터였다.
꽃밭 위를 흰나비 떼가 낮게 날고 있었다.
푸른 여름 저녁의 일이었다.

열무 흰, 꽃밭이 흰나비를 꺼냈다 흰나비 떼가 흰 열무꽃
밭을 꺼냈다
흰 것은 서로의 흰 것에서 흰 것을 꺼내 흰 것을 마주 비
췄다
입김이 닿는 거리였다

왼쪽에서 오른쪽을 꺼내 손뼉을 꺼냈다 손뼉이 꺼낸 건
도착하지 않은 우레
우레의 잔상
고막이 터질 듯 조용한 격정 속에서
한 세계가 태어나고 있었다, 그때 세상은
열무꽃밭과 흰나비 떼만이 전부였다

나는 집에 돌아와 거울 속에서 엄마를 꺼냈다 오, 엄마는
아무데도 가지 않았다
입김이 닿는 거리였다

옷장 속엔 여러 벌의 엄마가 있다 엄마는 매일 나를 갈아
입고
　나를 꺼내보고 그리워한다 나는 엄마의 최선
　엄마의 우레 엄마의 먼 기별 엄마에게서
　초대받은 자

빈방

나는 한때 엄마를 가졌었죠

자니?
등 너머에서 들리던 아득한 말

말 이전의 망설임이 돌아누운 내 어깨를
가만가만 어루만지고 있던 어떤 밤

어깨를 돌리기만 하면 품을 파고 들 수 있는
옆 사람 숨소릴 헬 수도 있는
그런 단칸방

나는 더욱 웅크려 이불 속에 얼굴을 묻었었죠
소리죽인 울음을 이윽히 기다리던 엄마가
다시 묻던 말
자?
안 자, 대답하고 돌아눕기만 하면 되는
나의 등 뒤에 엄마가 있었어요

안 자, 등 너머로 대답 건네주는 일을

아직 하지 못했는데
나는 그만 등 너머 빈방을 가진 사람

해안을 적시며 헤적이는 곡우 무렵 밤물결 같은
엄마라는 말 참 좋아요

나는 한때, 엄마라는 바다와 육지를 가진 적 있죠
엄마라는 지구를 가진 적 있어요

사과 얼마에요

사과는 사실 전적으로 서쪽입니다 사과 속에 화르르 넘어가는 석양, 석양에 물든 맛있는 책장들 산산이 부서지는 새떼 산소통이 넘어지고 쏟아지는 바람 호루라기 소리 길게, 길게 풀리는 붕대 그리고 구토, 촛불이 타오르는 유리창 당신의 우는 얼굴이 엎질러집니다 시럽이 흐르는 접시들을 누가 난장으로 던집니까 밀크를 섞으면 안개의 표정으로 몽롱해지는, 긴 손가락 사이 담배연기 욕조 속의 정사는 어땠습니까 여자의 검정 유두에 묻은 흰 구름이 정오를 지나갑니다 뒹굴뒹굴 북회귀선을 넘어가는 태양의 휠체어 인류라는 무정형의 얼굴에 던져진 원죄의 돌멩이 퍽! 칼날이 지나가는 북반구 당신은 여전히 한 입 베어 먹은 사과를 선호합니까? 사과 아닌 사과도 없지만 사과인 사과는 더욱 없지요 서쪽 아닌 서쪽도 없지만 서쪽인 서쪽은 더욱 없는 것처럼 봉쇄된 우물… 적막이지요 온몸이 커튼인 깜깜한 밤이 저기 옵니다 덜컥이는 틀니 아니, 사과 얼마죠?

이해리

제3회 수상자/ 2003년

경북 칠곡 출생. 2003년 제3회 평사리문학상 시 부
문 대상. 시집 『철새는 그리움의 힘을 날아간다』 『감
잎에 쓰다』 『미니멀 라이프』 등. 계간 『사람의문학』
편집위원. 한국작가 대구지회부회장 역임. 2020년
예술가지원 선정.

이팝꽃 그늘

고소한 뜸 냄새를 풍기며 변함없는 밥솥이
더운 김 뿜는 아침
동구 밖 이팝꽃 흐벅지게 피었다
고봉으로 밥 먹은 사람 드문 시대 고봉으로 피었다
구름이 퍼먹고 바람이 퍼먹고 못자리가 퍼먹고 나도
하얀 쌀밥꽃 남아돈다, 남아도는 쌀밥꽃 길가에 수북 떨
어졌다가
자동차에 뭉개지고 수챗구멍으로 날아 들어간다
팅팅 불은 밥풀들, 쌀이 남아돈다
쌀라면을 만들까 쌀로 된 햄버거를 만들까 나도 남아
고민 중인데
주체할 수 없는 잉여는 차라리 슬픔인지
아프칸의 그 어린 것 아프게 떠오른다
제 위장보다 홀쭉한 자루를 들고 포탄이 훑고 간 들판에
풀을 캐러 다니던 네 살배기,
남부 아프리카에서는 백만 명이 고스란히 굶어 죽는다는
데
북한의 꽃제비들은 한 보시기 밥 때문에 오늘도 사선을
넘어온다
내 배부름으로 세상 어딘가에 배고파 야위는 슬픔이 즐

비한데
　새벽 별같이 하얀 쌀이
　숭고하던 쌀밥이 길바닥에 고봉으로 넘쳐난다
　두려운 무기처럼 온 마을에 그늘을 드리운다

11월

끝끝내 닿지 못할 막막함으로
적당한 거리를 두고 서 있는
달력 속의 날짜, 11月
산막처럼 텅 빈 글자의 행간으로 가을은
차츰 침묵의 심지를 낮춘다
거리에 나서면 바람이 끌다버린 나뭇잎 우수수
목조 벤치 아래 굴러다니고
아직 채 옷깃 여미지 못한 목덜미 속으로
방촌역 차단기 앞에 멈춰 선 저녁안개 감겨온다
시간이여 계절이여
꿈꾸었던 것들과 제때에 닿는 일 드물고
모든 소원하는 것들은 뿔뿔 흩어지거나
뒤늦게 이루어졌다
홑이불처럼 가난한 마음 위에
누덕누덕 그리움만 차오르고
빈 수레 가득 흰 이슬 날리며 바람 떼는
어느 멀고 나지막한 마을로 떠나간다
바닥 드러낸 등잔처럼 희미한 내 그림자
막다른 골목처럼 서늘히 서 있는데

감잎에 쓰다

물든 감잎을 시엽지柹葉紙라 부른
사람이 있었다

감잎이 종이라면 당신은 무엇을 적겠는가

외딴 뒤란 저녁연기
금빛 사장을 둥실 떠나는 나룻배
막차가 떠난 뒤
홀로 헤매는 바람도 좋겠지만

나는 적겠다
벌레 먹힌 잎이 왜 지극한지
상처 많은 단풍이 왜 마음 당기는지

그런 물음 적어
파란 하늘 아래 달아놓고 기다리겠다

수만 잎의 답신이 돌아올 때까지

나비

폴폴폴 날아다니던 나비가
풀잎 위에 가 살포시 앉을 때
그 조용한 착지가 내 가슴에
작은 오솔길을 낸다
오솔길 끝에 앉아
풀잎에 앉은 나비를
찬찬히 들여다본다
가늘고 쪼끄만 몸통에 견주어
날개는 돛대만 하다
나비에게 날개는
자유이자 족쇄이다
그래서 자주 쉬는구나
두 날 애상을 저어
꽃에 닿으러 가는 나비,
나도 내 마음의 가장
아름답고 오래된 슬픔을 저어
시의 꽃밭에 닿고자
바람의 수풀 속을 날아다닌다

별똥별

하늘에 자리잡고 있으면 별
땅으로 추락하면 똥

그래서 별똥별

별들도 하늘에서 밀려나지 않으려고
밤마다 홀로 글썽이나 보다
자존심과 절망감과 불명예 사이에서
날마다 엄청난 긴장과 불안에 시달리나 보다
과중한 괴로움 견디다 견디다
가슴에 불을 품고 그만
뛰어내리기도 하나 보다

들꽃 낭송회

바람이 들길을 빗질한 뒤
초승달이 보석 핀처럼 파란 하늘을 꽂고
상추밭 위로 떠올랐다
상추밭은 푸른 앞치마에 손을 닦으며
길 밖까지 마중나왔다
바위를 끼고 도는 소리로 개울물 흐르고
돌절구에 부어둔 동동주에
황국 몇 송이
나비 밥그릇처럼 떠 있는 동안
시 쓰던 들꽃들 속속 모여든다
붕붕 길을 굴리며 달려오는 자동차
바퀴에서 들꽃 향기가 난다
오늘 낭송회 사회자는
시와 평론을 자주 쓰는 자주쓴풀꽃이다
유리구두를 신은 용담꽃이 먼저 유리구두를 낭송한다
이슬 맺힌 쑥부쟁이는 잠자리 날개처럼 떨며
이슬의 눈을 낭송한다 막간에
대숲이 불어주는 대금 소리
사철나무가 사철가를 부를 때
은발이 성성한 억새시인 슬며시 눈을 감고

밀려오는 안개 돌아본다
상처 많은 영혼이 시인이 된다
모두들 찬바람에 쓸리우던 자신의 뿌리에서
감춰둔 언어 하나씩 꺼내
활활 타는 모닥불에 비춰본다
북두칠성이 한 국자 별자리를 퍼서
풀꽃들의 술잔에 부어준다

배추를 안으면서

안지 않으면 묶여주지 않겠다는 듯
퍼들퍼들 벌어지는 잎들,
부둥켜안고 묶으면서 알았다

배추 한 포기도 안아야 묶어준다는 걸, 묶여야
속을 채워 오롯한 배추가 된다는 걸
안는다는 건 마음을 준다는 것
마음도 건성 말고 진정을 줘야 한다는 걸
보듬듯이 배추를 묶으면서
쓸 곳이 너무 많았던 내 마음에 대해 생각한다

잠시 방심했다고 죽어버린 화초들과
매일 살피지 않는다고 날아가버린 펀드와
깜박해서 태워버린 빨래와
어느새 가버린 사람

나는 안는다고 안았지만
안긴 것들은 부족함을 느꼈던가 보다
대체 내 마음의 용량은 얼마만해야 하는 걸까
풀 먹인 옥양목 소리 싱싱한 배추를

파랑파랑 묶으면서

감싸안고 안아도 안겨지지 않던 당신이라는

서운한 바람에게 오늘은 내가 안겨 묶여본다

가을비 오는 밤엔

가을비 오는 밤엔
빗소리 쪽에 머릴 두고 잔다
어떤 가지런함이여
산만했던 내 생을 빗질하러 오라
젖은 낙엽 하나 어두운 유리창에 붙어
떨고 있다
가을비가 아니라면 누가
불행도 아름답다는 걸 알게 할까
불행도 행복만큼 깊이 젖어
당신을 그렇게 할까
가을비 오는 밤엔
빗소리 쪽에 머릴 두고 잔다

김 영

제9회 수상자/ 2009년

계명대학교 대학원 문예창작학과 졸업. 2009년 평
사리문학상 시 부문 대상. 2020년 불교신문 신춘문
예 소설 부문 당선.

물 한 모금

해수욕장 폐장하는 날 비가 내렸다
내 모래무덤에도 비가 내렸다
빗소리가 봉분을 찔러댔지만
뜨거운 모래 속의 알몸은 안전했다
사랑한다, 사랑한다, 사랑한다
메마른 대지에 퍼붓는 욕지거리
메우지 못한 웅덩이마다 욕창이 덧나고
푸른 상처가 너덜거리는 바다엔
발굴되어 허물어진 귀
또렷하게 젖어가는 증거물들
자정으로 가는 빗소리는 가파르고 촘촘했다
밤새 뒤척이며 뒤적였지만
빗소리가 지닌 혐의는 찾을 수 없었다
한나절 태양이면
빗물이 충분히 증거를 말릴 수 있는 시간
문득 목이 말랐다
지독한 허기였다

습관성 유산

아이를 낳듯 너를 낳았다
언제나 그렇듯
상상임신이었으므로
산통은 없었다
너는 눈과 귀가 없었다
엄살의 대가치고는 컸다
아빠도 없는데
너를 잘 기를 자신이 없어
베이비박스에 넣기로 했다
그래도 너의 그 무엇인가가 아까워
잘 고쳐 키우기로 마음을 바꾼 새벽
너는 저 혼자 훌쩍 자라 있었다
대견한 너에게
생강차라도 한 잔 끓여주어야겠다는 생각
그것마저 헤아린 너는
어느새 눈먼 말*로 달아나고 없었다

*눈먼 말 : 박경리의 시 제목.

파리

그냥 천장에 거꾸로 붙어 서서
조용히 손이나 비비고 있었더라면
간당거리는 파리목숨
며칠 연장했을는지 모른다

초대장도 없이
파리는 파티복도 입지 않고
맨손에 두 폭 망토 휘날리며
감히 천장의 샹들리에 찝쩍거렸다

어설픈 춤사위 부추기며
하얗게 흐르는 시나위 장단
이왕 무대에 올랐으니
등 떠민 적 없는 바람에게도 인사하고
가지지 않은 명주 수건 탓도 하면서
모서리의 살풀이 한 판 끝내주는 순간,
느닷없이 후려치는 신문의 몽둥이 한 방
나동그라지는 숯검댕이 무희

제 피로 무대에서 부고장을 쓰게 될 줄 몰랐다

사건 사고의 침엽수림 광고란에
붉은 꽃상여가 놓였다
이만한 죽음이면
평생 손 비벼 기도한 보람은 있는 것이다

낚시금지구역

그날 나는 또 강가에 갔다
검붉은 강은
상수원보호구역이었고
낚시금지 팻말이 서 있었다
버렸던 낚싯대를 주워
나는 또 낚시를 했다
잠시 내 손이 멈췄다
내 죄가 흐르는 강이었다
다시는 오지 말자 맹세한 강이었다
죄를 먹은 물고기들은 통통했다
붕어가 일흔 마리
잉어가 일곱 마리
메기가 사백구십 마리
미끼도 없는데
고기는 끝없이 잡혔다
잡으면 잡을수록
강물에 고기가 넘쳐났다
퍼덕이는 고기를 보고
나는 낚시질을 그만둘 수 없었다
그날 나는 고기를 잡느라

집에 돌아오지 못했다
나는 고기들에 파묻혀 죽어버렸다

완전한 수술

첨단 의료장비를 보고
간단한 복강경 시술인 줄 알았다
공복에 따뜻한 우유 한 잔을 마시듯
햇볕 가린 해먹 속에서 짧고 진한 낮잠을 즐기듯,
반나절을 투자해 사소한 경험 하나쯤 더 만드는 줄 알았다

주렁주렁 링거를 매단 채
하루 세 번 꼬박꼬박 드레싱을 하고
흉터를 없애기 위해 또 수술 날짜를 잡고서도
인공장기가 든 허접한 내장보다는
이전의 곪은 배를 고집했다

처녀로 시집온 새 어머니를 사랑하고
날마다 비틀거리는 아버지를 이해하고
철없는 남편을 받아들이라는 장기 처방만 아니었다면
난 개복수술을 해야 하는지도 몰랐을 것이다

내가 원한 것은
내 영혼을 흔들거나
내 수면을 방해하는 그런, 전면적인 개혁이 아니었다

피 한 방울 흘리지 않고
후유증 하나 없이
전이된 존재의 깊숙한 우울도 한방에 날릴 수 있는
주술 같은 수술,
수술 같은 주술이었다

당신은 깊은 잠에 빠져 있고

홀로 깬
옥탑방엔 달빛이 가득했습니다
열쇠도 없는 방문에
낯선 그림자 하나 걸렸습니다
낡은 문은 닫히지 않고
그림자는 점점 커졌습니다
바람에 떨리는 문을
두 손으로 붙들고
그림자 몰래
그림자보다 먼저
당신이 다가오길 기도했습니다
당신은 깊은 잠에 빠져 있고
당신과 나 사이는
꿈길보다 멀었습니다
폭풍이 몰아쳐
모래가 날고 벽이 허물어져 내려도
당신은 깨어나지 않고
나는
밤새 흔들리는 방문만 부여잡은 채
막 태어난 사막 위에 서 있었습니다

나비의 꿈

당신은 산 위에 있었지요. 나는 오늘도 밀밭길 지나 염소 매인 소나무 언덕 넘어 숲속 오솔길로 들어섰지요. 산비탈 찔레꽃이 피투성이 나를 보고 하얀 눈물 흘렸지만, 사랑하는 당신은 한 발짝도 내려오지 않고 여전히 산 위에 있었지요. 계곡엔 자갈이 범람하고 물은 땅속으로 파고든 지 오래였지요. 휘청대는 벼랑마다 검은 나무, 다리 되어주었지요. 빠른 듯 더디 가는 나를 당신은 잘 참고 기다려주겠지요. 당신이 포기하지 않는다면 언젠가는 당신에게 다다를 것입니다. 미안해요, 포개진 산 고갯길에서 숨이 가빠 가래침이라도 한번 뱉어내야겠어요. 재선충 걸린 소나무 그늘에 잠시 기대앉아 당신 생각합니다. 낮은 하늘이 입 다물고 날 내려다보네요. 죽은 소나무 이파리들이 공중에서 바스락 소리를 냅니다. 땅은 줄기와 뿌리를 가르느라 가만가만 길을 더듬는데 이따금 휘파람새가 제멋대로 노래를 불러 적막을 깨는 것 말고는 아무 급할 것 없는 오후네요. 아, 그래서 당신은 이토록 산 위에서 내려오지 않는가요

김주명

제10회 수상자/ 2010년

1968년 경북 청도 출생. 영남대학교 졸업, 형상시
창작원 수료. 2010년 평사리문학상 시 부문 대상.
2011년 인도네시아 롬복 섬으로 이주. 〈형상시학〉
회원. 시집『인도네시아』『바타비아 선』

환승換乘입니다

그날 저녁, 마트에서 조개들을 만났다 사각 비닐팩에 꽁
꽁 얼려져 있었다 내란 음모에 가담도 못해보고 잡힌 유민
流民의 형틀 같았다 껍질이 없으니 나와 동족인지 알 수 없
지만, 벗은 아픔일까 맨살에서 스며나온 점액질에 나는 발
묶였다

우마牛馬의 수레를 타고 온 내게 버스는 6분 후에 도착한
다고 안내판이 일러준다

바다로 가는 길은 졸음일까 버스에 오른 사람들은 열반
에 든 석고 반죽처럼 꿈쩍도 없다 제법 익숙한 노래들을 안
내방송이 연신 잘라 먹는다 점점이 어깨 벌어진 네온 간판
이 하나둘 사라지고 있었다 사라진다는 생각은 결코 녹아
드는 졸음을 가두지 못했다

고개 떨어뜨릴 때마다 마주보게 되는 얼굴, 환승입니다
환승입니다, 바다는 침잠된 삶의 끝에서 푸르렀다 종점이
라고 여기가? 등 떠밀리듯 내려선 여기는 칼바위 갯골, 손
뻗어 몰려드는 밀물이 내 몸의 손잡이를 잡고 첫발을 딛고
있다

코로나 플라워*

코로나는 바이러스인가요?
코로나는 왕관인가요?
들불처럼 번지는 저들
이 모두가 꽃이라면
모두 우리의 삶

* 카리야나의 그림 제목에서 따옴.

Corona Flower*

Is this a virus?
Is that a crown?
Are they playing fireworks?
If all is a flower,
All that we have is the life

* the name of painting made by Karyana.

우리의 삶도 소중하다

내가 검은 피부로 살아간다는 건
나의 선택도, 당신의 선택도 아닌
신의 선택이라고 말한다면
우리의 삶 또한 소중하다

Black Lives Matter

I was born in black
Neither my nor your choice
We say
That is the choice of God, therefore
Our lives also matter

모범적인 소수인종과의 관계

왜 내가 여기에 있나요?
누가 나를 여기로 데려왔나요?
당신은 왜 여기에 있나요?
나는 답을 하지 않을 것입니다
당신은 다수의 종족인가요?

Model Minority

why am I here?
Who bring me here?
Why are you here?
I don't answer questions
Are you major?

브랜드 행동주의

당신이 선善이라면
당신은 어디에 있나요
당신과 함께라면
나도 선이 되는가요?
당신은 여전히 먼 곳에 있어요

Brand Activism

If you are a virtue

where you are?

If I am on you

Am I a virtue?

You are still high

벽

기댈 곳이 있다는 것은
우리 삶의 이유

내 안의 당신처럼
살짝

가려도 주고
버텨도 주는

우리가 사랑하는 이유

꽃길

당신, 따라온 길
꽃길이었네
마치 내가 당신을 모를 때
피어 있던 꽃
처럼

정 순

제11회 수상자/ 2011년

1959년 전북 완주 출생. 2009년『차령문학』여름호 등단. 2011년 평사리문학상 시 부문 대상. 2013년 동양일보 신인문학상 당선. 2013년 방송대문학상 시 대상.

폐선

저녁의 딱딱하고 고단한 파도 한 켠에
세월 하나 뒹굴고 있다
부력의 한쪽을 추억으로 비워낸 듯
기우뚱 균형을 놓아버리고서 낡은 부피를 달래고 있다
얼핏 보아 고기들의 길을 단념한 지 오래인 듯한,
따라온 길 파도에 녹이 슬어 보이지 않는다
저 배도 한때는 사랑을 했거나 어느 이름 모를 추억 속에서
며칠이고 향긋한 정박을 했을 것이다
불 켜진 환락의 깊이를 쏘다니거나 가슴 속으로 저며드는
이름 모를 물살들에게 운명을 맡기며 추억을 탕진했을,
나 이쯤에서 저 배의 소멸들에 대해 받아내려 한다
기억 속 깊이 끼어 있는 몇 줌의 항해일지와
폐유 같은 어둠 저쪽에서 환락을 장만하던
나폴리 마르세유 요코하마의 날들과
며칠이고 정지된 엔진 근처에서 뜬눈으로 보내던
불임의 위도와 경도를 짚어보려 한다
이튿날이면 폐유처럼 떠오르던 희망이라는 낯선 부력의
위로는
어느 해협에서 배운 악몽이었을까
나는 조용히 언젠가의 서풍이 불어와

가슴 속에서 일러주었던 말이라도 실천하듯
뇌리 속 무례한 부력을 내려놓고서
노을이 내주기 시작하는 저녁 쪽으로 어스름한 귀향을
한다

십우도

황소의 누런 울음 속엔
내 어린 시절 청명쯤의 봄 뜰이 열어놓아준
대문간 그 한편 짝의 할머니가 있지
민둥산을 넘어오던 보릿고개와
오후가 될수록 곡기를 채울 게
두레박 속 우물밖에 없던,
그런 날 저녁
나는 왜 당나귀가 물어간
새벽녘 꿈을 다시 만나기 위해
5일장에서 돌아온 아버지의
중절모를 베고서 잠들곤 했을까

가을, 제라늄을 보다

바람이 분다
제라늄 붉은 꽃잎이 하혈 같은 시절을
흘려대고 있다
엊그제 수줍던 봄이더니
백구과극이라 했던가
내 청춘의 소란스럽던 시절들도
과거 속으로 날아간 지 오래다
다시 또 바람이 분다
바람은 허공 속에만 깃드는 게 아닐게다
내 심장 한 켠에 숭숭 구멍을 내놓고
어느 이름 모를 세월 속으로 흩어져버리는,
과거는 갔다
삐끔 열려져 있던 문틈 사이로 달리는 말의 풍경들도 갔다
이제 곧 빈집 같은 계절이 올 것이고
제라늄 붉은 계절도 온데간데없이 말라붙을 것이다
혹시 나를 복제하고 있던 것은 아닐까
지난 여름의 분꽃 몇 송이
단단한 고뇌를 완성했는지
검은 열매 하나씩 오후의 햇살에 말리고 있다

황태덕장

어느 바다를 옮겨놓은 것일까
산란을 잃어버린 지느러미들이
금방이라도 바람의 해협을 가를 듯
햇살 가파른 날들을 헤집고 있는 용대리 산발치*
아가미에 꿰인 생애가 가로지른 세월에 걸려
올려다본 하늘이 서럽다
언 바람에 찢기고 뼈 속까지 얼고 녹기를 몇 번이던가
세상사 아프고 쓰라려도
초라한 육신 더러운 향기로 남지는 말자고
푹 곰삭은 맛깔나는 이름으로만 기억되자고
살을 에는 고통을 안으로만 삭여왔던 날들
내장까지 다 비운 발효는 더 이상 부패가 아니다
그리하여 너는 속 노란 황태로 환생하는 것
그러고 보면 역경이란
새로운 이름 하나 발효하는 과정인지도 모른다
지금 용대리 산발치 바람 사나운 골짜기엔
부패를 거부하고 부활을 꿈꾸는
고난의 주간 같은 풍경 하나 펼쳐져 있다
휑한 눈에 잡힌 허공으로 몇 장의 파도가 일렁이고
나는 펼쳐놓은 바다를 갈무리라도 하듯

바람의 풍장 속을 서둘러 빠져나온다

*강원도 인제군 위치.

새벽녘

언제부턴가 밤의 한 켠이 고단해지고 있었다
들숨과 날숨의 피곤한 주파수가
어느 순간부터 일그러지는 듯한 느낌
세월이 그의 몸속에 퇴적층을 만들고 있는 걸까
그렇다면 그의 몸속에서 행방을 바꾸고 있는
낡은 시간들의 내막은 뭘까
가끔씩 그 흐름의 한 기슭으로 나를 깃들게 하던
버드나무 같은 휴식의 위치가 옮겨지고 있는 것이다
어느 이름 모를 세월을 길게 끌어당겨
폐 속에서 야광처럼 향유하던 늑골 근처의 젊음들도
미량의 이야기만 내뱉고는 흐릿 지워지고 마는 듯한,
그동안 또 다른 구름들 사연들이
흐름의 지류를 바꿨음이 분명하다
내가 그 속을 첫 잠에서 깨어나 서성이거나 뒤척이는 동안
자신은 더 깊은 황톳물을 받아내며 고단했음이 분명하다
사철 내 새벽의 꿈들이 산책하기에 좋은 새소리가 있었고
젊어 한때 그가 놓아버린 꿈의 행방들도 가끔씩 눈에 띄던 곳
이번엔 내가 조용히 몸을 돌려
그가 잠시 잠깐 깨어나 깃들게 될 내 안의 강에게
푸른 노래를 그려 가기 시작한다

봄날은 간다

오월이 가고 있다
아카시아 하얀 향기가 바람에 일그러진다
어제는 내 뒤에 숨어 있던 기억의 날들에게
저녁이 되기 전 들키고 말았다
기다림은 달콤했었다
그것을 위해 한 시절 먼 곳의 오솔길들은
얼마나 조바심을 냈던가
절정의 순간은 늘 마을 밖에서 해후를 한다
나도 그곳에서 수많은 봄들을 떠나보냈었다
그럴 때마다 마을 속 세월은
괘종시계의 느린 추 속에서 늙곤 했으며
아무리 삼켜도 채워지지 않던 몇 날 며칠의 오후들
오월이 가고 있다
내 안의 쓸쓸한 기억들도 꽃향기 몇 남겨놓고
부리나케 가고 있는,
서둘러 하루를 닫고서 그 옛날의 봄이 잘 찾아들곤 하던
가까운 곳의 밤나무 하나를 찾아 나선다

노란 전언들에 대하여

운동장 한 켠 은행나무가 소란스럽다
바람이 불 때마다
우수수
아직 못 다한 이야기라도 있는 걸까
가을의 노란 무리들이 기억을 파고드는 그 짧은 동안
나는 나를 스쳐간 아주 오래 전의 시월 속으로 잠입을 한다
겨울여자라고 쓰인 영화의 포스터 아래서
쉽사리 오지 않던 애인과
아무리 더디 먹어도 지느러미가 깨어나지 않던 붕어빵,
그 오후 속으로 단팥 같은 기억을 밟아가는 일
설레임은 예나 지금이나 어둠 속에서도
손 한번 내밀지 못하는 것일까
동시상영의 주말 오후 속에서 우리가 본 게
겨울여자였는지 라스트콘서트였는지는 노랗게 잊혀졌음을,
지금 나 그 가을의 스크린 속으로 걷고 있는 것이다
몇 걸음이면 끝날 기억의 안쪽
그 옛날 어느 가을날의 오후 속을 서성이고 있는 것이다

고개를 들자 한낮의 부산함이 빠져나간 텅 빈 운동장 한 켠
늙은 은행나무 하나

겨울이 오기 전 꼭 해야 할 말이라도 있었음일까
기억의 어느 쪽을 향해서 연서라도 날리듯
노란 사연들을 내놓고 있다

신윤서

제12회 수상자/ 2012년

2012년 평사리문학상 시 부문 대상. 2013년 제2회
오장환신인문학상 당선으로 등단.

유월 장마

누이가 다녀간 뒤
도시는 장마권에 접어들었다
먼지 낀 창틀을 타고 검은 빗물이 흘러내렸다
짙은 눈 화장을 한 여자가
아파트 복도 끝에 서서 울고 있었다
여자들은 왜 모두, 문 밖으로 나와 울고 섰는지
누이는 왜 잿빛 승복차림으로
먼 길 떠도는지
문 안에서 여자들은 울지 않는다
무표정한 눈빛은 문 밖을 나섰을 때 울음이
되어 터져 나온다
저 길 끝을 돌며
빗물과 함께 소용돌이치며 흘러가는
여자들의 눈물을 본다
장마가 길어지고
파르스름하게 깎인 누이의 무덤 같은 머리엔
무성한 생각들이 잡풀처럼 자라다 베어질 것이다
닫힌 문 안에선
빗소리로 번식하는 푸른곰팡이들
누이가 미처 뿌리 뽑지 못한
입을 다문 말들이 창궐을 시작한다

빙하기

내가 여전히 겨울일 때 전생엔 벚꽃이 흩날리고, 민들레 순이 택배로 왔다. 주머니 속 숨겨둔 애인이 풀숲마다 납작하게 엎드린 노란 꽃으로 번져갔고, 나는 셔터를 눌러댔다. 어디에도 없는 애인은 낮은 목소리로 말한다. 이 좋은 봄날에, 산책도 하고, 꽃도 만져봐야죠. 종일 가슴이 아프더니 명자꽃 망울이 디밀고 올라왔다. 뼛속 깊이에서 세찬 바람이 불어왔다. 근데 어디가 아프셨어요? 꽝꽝 언 아이스크림 케이크는 문 밖에서 나를 기다린다. 우리 사랑의 유효기간은 93일이에요. 결제했어요. 귀여운 이모티콘이 박힌 아이스크림 케이크일 거야. 너의 눈빛과 교환되고 싶다. 나는 네 왼편 심장으로 스며들고 싶다. 이렇게 아름다운 날. 잠시만요. 네에 말씀해보세요. 헉, 진짜요? 예쁘죠? 보이진 않지만 정말 예쁘네요. 어쩌죠. 이런 대화에는 라일락 향기가 난다. 애인은 낮게 엎드려 더욱 샛노란 꽃으로 번져간다. 우리의 유효기간을 찾느라 잠시 빙하의 온도를 측정한다. 서둘러야겠어. 하얀 홀씨가 봄바람을 타고 날아간다. 그리운 방향에서 꽃이 몰려오는 소리가 들리는 건 여전히 내가 겨울 한가운데 서 있다는 뜻이다.

알래스카

우리는 알래스카로 가자 맹세를 한 뒤에도
여행을 떠나지 못했다

베링해협을 돌아나온 바람이 벽걸이 에어컨에 실려 시린
어깨위로 세차게 불어오곤 했다

텔레비전 외화에 잠시 한눈파는 사이
얼음장 트렁크가 도착하고
방영되는 쇼퍼홀릭을 곁눈질하고 있던 중이었다
위트 넘치는 배우들의 대사를 들으며 웃음을 터트릴 동안
우리는 알래스카에서 불어오는 찬바람 앞에 앉아 있었다
우편배달부가 빨간 우체국 차를 몰며 추운 극지방을 향해
사라져갈 때까지, 우리는 얼어붙은 채 트렁크를 열지 못
했다
언제나 빙하는 단단한 긴장을 했다
트렁크를 열면, 얼음 위를 홀로
떠다니던 외로운 짐승이 있다
빙하가 가슴 속으로 내려앉는 소리
뼛속까지 시린 심연 속으로 빙벽이 무너진다
쓸쓸함이 극지의 냉기가 되어

마음 속 깊이 얼음기둥을 세웠다
우리는 초조하게 서성거렸다
수없이 알래스카로 가자 다짐했던
날들이 북태평양 난류를 따라
황망하게 사라져버렸다

우리가 트렁크를 여는 손가락 사이로 극지의
한파가 들이닥치는 것을 상상했다

스웨터

서랍을 열었다 닫는 사이 어머니의 자색 스웨터가
사라졌다 서랍을 열고 닫는 동안 우리들의 혈육은 뿔뿔
이 흩어지고
여자 하나, 여자 둘이 남았다
립스틱을 붉게 바르고 축제엘 다녀온 날은 마치 내가 창
녀가 된 듯
기분이 나빠. 억지웃음 빨갛게 흘리는 여자의 브래지어
속으로
사내들은 킬킬, 지폐를 쑤셔넣었다

어때, 좋아?
서랍 속으로 노을이 지네
차곡차곡 팬티들이 쌓인다

난 아직 그것에 대해 할 말이 많다
나는 너의 밀도 높은 문장을 사랑하고
나는 너의 꽉 끼는 페니스를 증오하고
그것은 차라리 한 권의 불타는 섹스에 가깝다
한 칸의 어둠과 비례한다

어머니의 자색 스웨터를 돌려줘
무덤을 갖지 못한 사람들의 흰 뼛가루가 빗물에
쓸려 개울가에 다다르면
그 쓸쓸한 서랍은 한 채의 봉분이 되어
전생의 기억들로 젖는다

말해봐,
입 속의 밥알들을 꿀꺽, 삼키고서
너는 돌아서서 서랍처럼 웃는다
스르륵 닫히는 마음과 차르륵 열리는 마음은
한 벌의 옷이 되질 못하는데
창 밖 길고양이들의 울음이 되어
새벽을 찢어발긴다

고딕식 첨탑

중세의 교회 첨탑에 내려앉은 까마귀 떼가, 죄 한 가지씩
사해 달라고
머리를 박아대며 고해성사를 드리는 한낮,
Moment Of Peace,
그레고리안 성가가 멈추지 않고 울려퍼지는
저 나선형 첨탑의 돌층계를
닳아버린 손금을 지나듯 걸어간다

종이상자 속에 갇혀 싹을 틔우고 있을 감자의 푸른 눈과,
오후 세 시를 휘감으며 흘러나오는
그레고리안 성가 사이에서 잠시 길을 잃거나
발로 쓱쓱 문질러 지우거나
서성이는 것들은 죄다 죄지은 것들

껌 한 통 사지 못할 죄의식일랑 까마귀 떼에게 던져버리고
들꽃 한 다발 꺾어,
푸른 감자의 씨눈들이 푸른 눈물 뚝, 뚝, 떨구는
감자의 발이나 씻겨주고 싶어
손이나 씻겨주고 싶어
짙은 스모키 눈 화장을 하고

검은 빗물 같은 죄 한 줄기 흘러내리면
치마를 벗어 이불 삼아
씨앗과 함께 잠들고 싶어
개뿔 같은
숨겨진 죄의식이
사슴의 뿔처럼 돋아나는 자리에서
무릎 꿇고 세례를 받는 사람들 앞에서
길고 오랜 자위나 하고 싶어

이제 그만,
이 무성히 번지는 세상의 죄를 사해줄
감자꽃이 필 거야
자주색 붉은 내 치마 속에서 감자가 자랄 거야

엎드린 채 떠나지 못하는 저녁이여
내 손을 잡아라
내 몸이 너의 집이 되고, 너의 저녁이 내 죄가 될 것임을

실내식물이 있는 방

구근을 숨긴 밤이 오면 밤새 가슴이 두근거리지
화분 속 알뿌리가 심장처럼 펄떡이지
폭풍이 유리창을 마구 흔들어대는 이 낯선 방에서
나는 몇 생을 머물렀다
슬픔은 맹독성 물질이어서
매일 조금씩, 늪으로 나를 몰고 간다,
위로받을 수 없는 낮과 밤이 지나갔다, 라고
마음에 기록한다
아린 구근을 심으며 나도 너의 품 속 깊이 묻히고 싶었다
네모난 작은 화분 속에 맨발을 뻗고
발등 위로 이 밤처럼 까만 흙을 뿌리고 싶었다
내 속에 들어온 뿌리가 내게 말한다,
나는 한 모금의 갈증이야
소낙비처럼 퍼붓지 않아도, 폭설처럼 내려쌓이지 않아도
슬픈 알뿌리식물을 심으며 오랫동안 울다보면,
곧, 슬픔이 보약이 되는 밤이 온다

둥근 형광등은 내가 알지 못하는 별에서 온 비행물체. 벌
써 몇 해째, 내려앉질 못한 채 천정에 떠 있다 비행접시는
착륙지점을 찾지 못해 방황하는 이방인이다 너와 내가, 한

종족이구나 나를 태우고 광속으로 달려 다시는 이 별에 불
시착하기 싫지. 딸깍, 고개를 끄덕이는 비행물체 주변으로
또 슬픔이 환하다

　　직사작의 외딴 방
　　인형의 집에 플러그를 꽂으면 전류가 흐르고,
　　스위치를 누르면,
　　벽지를 타고 나와 장미꽃이 만개했다
　　작은 의자에 앉아 내가 지겹도록 피어 있다
　　시들지도 않는다

달로 가자

기계는 연신
달을 찍어낸다

알전구를 별처럼 밝힌 트럭 옆구리에 기대앉아
부풀어오르는 달의 냄새를 맡는 저녁,
삼십팔 밀리미터씩 매년 지구에서
도망가고 있다는 너의 뉴스를 듣는다
나무들도 트럭 쪽으로 귀를 늘어트리며 다가선다

잘 말린 쌀을 한 숟갈 얹고
찍쇠가 누르면
달은 가뿐히 팅겨나와
이 저녁으로 떨어진다
울퉁불퉁 표면이 따뜻해서
어제 듣던 노래가 오늘도 나오는 라디오 옆에
나의 가게는 행복하다
너는 어찌 이리 둥글기만한가
작은 딸애 얼굴만 같아

나는 이제 밤하늘로

이사 가지 않아도 좋다
달의 유전자를 이백이십 볼트 전압에
입력하면 표면이 거친 얼굴은
무수히 복제된다
투명 비닐에 차곡차곡 달의 얼굴을
한 봉지씩 담아가는 사람들의 뺨,
불빛이 오래 쓸어주는 동안
오늘 하루가 더 둥글어지고
나도 네가 멀어진 방향으로 삼십팔 밀리미터를 쫓아간다

오늘 뜨는 너는 또 누가 가져갈까
라디오를 툭툭 쳐본다

김하연

제16회 수상자/ 2016년

전남 여수 출생. 2016년 심훈문학상 신인상 수상.
2016년 평사리문학상 시 부문 대상.

밭의 문서

아버지가 밭을 매도하기로 했다
하지만 본래 소유권은 땅을 기름지게 한 거름의 몫이라며
아버지 헛기침 소리 깊어진다
워낭소리로 구두계약 맺은 황소의 증명은
오래 전부터 게으름을 피운 죄로 시효가 지났다
하지만 저 태양의 도장밥을 들고
마음이 기울어지는 해거름 등기소에서 붉은 날인을 받자
지독한 진드기 등에 얹고 길을 내던 황소도
밭의 일부를 받을 수 있는 직계존속으로 인정하기로 했다
이에 질세라 쑥대밭을 만들던 잡초도 눈독들이며
분할 청구를 시도한다
하지만 잡초를 이겨낸 앙증맞은 강낭콩 꽃과
울타리가 되어준 돌담과
땀을 훔쳐주던 갈바람에게 잠재적 지분이 있으므로
그들에게 우선 순위가 주어져야 했다
어느새 드렁칡이 내려와 일가를 내세우고 있다
이럴 때는 믿을 만한 법적 후견인이 필요하다
얽히고설킨 감자밭과 고구마밭이 입담을 거들고 있다
아버지는 흙을 닮아 분쟁 없는 포슬포슬한 성정을 가졌기에
별도의 판단이 필요해 잠시 유보하기로 한다

그러기 이전에 부양의 의무를 다한 수수, 보리, 귀리에게
먼저 물어보기로 한다
집안의 재정을 담당하여 어머니의 푼돈이 되기도
손주들 용돈이 되어주었으니
아버지는 그들에게 마음을 더 쓰고 싶었던 것이다
자연에게 되돌려줄 게 없는 인생은 얼마나 허무하던가
아버지 된장에 풋고추 찍어 새참을 드시더니
몹쓸 탄저병으로 돌연 떠나보낸 여럿 자식들을 그리며
매운 맛 하나 그들의 몫으로
밭 한 가운데 그렁그렁 남겨두고 있다

낭만 범죄자

오늘은 기필코 저 담을 넘어 훔쳐버리자
집 어딘가에는 허공 목울대에서 뚝뚝 흘러내린
다친 나무의 눈물이 있다지
나무의 슬픔을 잊고 사는 집 주인은
눈물을 죄다 훔쳐간다 해도 전혀 눈치채지 못하지
향기로 시세를 올려놓은 순금 달맞이꽃 웃음 다섯 돈도
훔쳐버리자
밤새 꽃을 피워도 저 가족은 낯빛이 환하지가 않더군
잡힌다 해도 나는 무척 당당하지
그런 건 슬그머니 되돌려줄 수 있는 거잖아

저 거실 액자 속 암소 가죽 지갑에는 얼마가 들어 있을까
소꼬리만큼의 시선만 가져가도
오랜 풍경이 아마도 제값을 쳐줄 거야
해몽 없는 집 주인의 개꿈도 가져가고
훌라후프 대형 쌍가락지도 허리에 끼워볼까
다 같이 식탁에 모이는 가족 냄새는 찾기 힘들어
난항을 겪을 수도 있지

발자국을 남기지 않고

옥상에서 나부끼는 문어 다리 저 패물들 좀 봐

가서 순서 없이 아무 바다 하나쯤 꽉 물어올까

아니야, 알알이 들어찬 석류 저금통을 먼저 털어 보이는 것이 좋겠어

아니, 아니야 소문에 의하면 저 집에는 마음의 창살도 있다는데

찾아보면 분명 장롱 어딘가에 숨어 있을 거야

그 창살을 먼저 빼돌려 내가 대신 절단하도록 하자

그럼 이제 슬슬 넘어가볼까

앗! 어쩐담, 나를 선처해줄 회색빛 담이 너무 높구나

맹견 짖는 소리로 올려다보는 저 특수 방범창 좀 봐

안 되겠다, 타다다닥! 오늘은 일단 튄다

줄행랑 행동 개시

흑묘도 黑猫島

납작 엎드린 저 검은 섬은, 트럭 아래의 낙도
불어버린 능소화로 새끼에게 젖을 물리고 있다

길 건너 포장마차에서는
생선 가시와 살덩어리 같은 말들이 겉으로는 숱하게 오
가지만
비밀을 많이 가진 우리는
누구 하나 트럭 밑으로 속내 하나 통째로 던져주는 이가
없다

낙도의 바닥에는 방금 전
어미가 불시착한 별을 주워 먹은 흔적이 보인다
그래도 배가 차지 않아
흑등고래 닮은 건물의 그림자를 올려보다 움찔
그러다 새끼 범고래 닮은 행인의 발자국을 꿀떡 삼키고
있다

이리 오렴, 낙도는 외롭지 않니?
트럭 주인이 내일 새벽 시동 걸 때가 되었지
이제 네 작은 섬들을 데리고

생선 횟집이 즐비한 골목으로 살금살금 나아가보자
그곳에 가면 빈틈이 있지 않을까
그것을 사람들은 '틈새시장'이라고 부르기도 하지
그러나 사람이 던져준 것을 무조건 덥석 삼키면 안 된단다
사람들이 쓸모없다고 버린 것에는
목젖 깊이, 가슴 깊이 걸릴 수 있는 것들이 지천이라
어쩌면 네가 그것을 다 떠안게 될지도 모를 일이야

은둔형 외톨이에게

눈치 볼 것 없이 일어나세요
햇볕은 지금 정강이에 차올라요
냉장고를 뒤져 당신의 온도 센서를 감지해주는 밑반찬을
먹고
곰팡이가 핀 남은 단무지에는 절대 손도 대지 말아요

무료하다면 고풍스러운 음악에 맞춰 춤을 추어요
커피에는 달콤한 재즈를 가득 넣어 마시고
오늘은 가죽 잠바를 걸치고 거리에 나가
조금은 느린 행군이라고 쓴 당신만의 플래카드를 내걸어
보아요
어제의 염증이 생긴 곳에 꽃향기를 개어 바르고
당신이 가장 가고 싶은 호텔에게 윙크를 하세요
당신이 들고 있는 낡은 기타 줄로 체크인을 하면
호텔리어가 어쩌면 음악이 흐르는
가장 전망 좋은 호실로 안내할지도 모르죠

누가 당신을 깊고 어두운 한량이라고 했나요
그대는 위 아래층 이웃이 출근한 월요일 오후
거울 속에서 가장 한가로운 얼굴 점 몇 개를 발견했을 뿐

이에요
　지금의 처지가 무슨 상관, 마음이 아프다면 누가 뭐라
하든
　사랑이라는 주치의를 두세요

　어느 순간 외로워진다면 공터로 나가 시소를 타세요
　빈 터는 무엇을 생각나게 하고 말을 붙여오죠
　그것을 본 건달 바람이 시비를 걸며
　당신을 백수라고 파출소에 밀고를 할 수도 있어요
　하지만 괜찮아요, 도망치지 말아요
　아주 잠시만 노는 여행을 즐기고 있다고만 말하고
　당신을 턱걸이로 걸쳐놓은 철봉에게도 함부로 매달리지
말아요

　부디 내일의 꿈이 이뤄져 백수白壽를 누리도록
　빌고 또 빌어요

그 여관

소설 한 페이지를 넘기다 상상 속의 나는
그렁그렁 소매 젖은 여자를 재워주는
옛 여관 주인이 되지
사는 게 서글퍼 부리나케 나왔지만
도무지 갈 데가 없었다며 마른 나뭇잎 닮은 그녀가
지문이 반쯤 지워진 손금으로 숙박비를 계산하지

고향이 어디냐고 묻는 나의 물음에
사랑의, 사람의 땅 끝이라고 그녀가 대답하지
숙박계에다 그녀의 이름 대신 슬픈 접시라고 적어두었지
그녀가 천천히 호실로 들어가자
컵에 부딪쳐 오는 방음 안 된 주전자가 여자를 반기지
머언 창밖 도로는 불빛으로 만실滿室
마음이 묵을 불빛 하나 없다는 사실에
왈칵 그녀의 울음소리가 새어나오지

이때 후회와 애증으로 애먼 골목을 발길질하다
환한 가로등에서 단번에 잡혀버린 어느 취객이
숨을 곳을 찾아 두리번거리지
하지만 함부로 들일 수 없는 금남의 여관

그녀가 투숙하고 있는 한 공실은 없지

사연이 폭설처럼 쌓여버린 그녀
무슨 일인지 살짜기 물어볼까, 말까 나는 망설이고
그녀는 지금이라도 다시 집으로 돌아갈까 말까
눈 내리는 소리로 등 뒤척이는데

지금은 너무 늦었으니 푹 쉬었다 내일 일찍 가라며
이 길목의 여관만이 그녀를 다독이고 있지

선창船艙 파티

당신을 오늘 이곳으로 초대합니다
가면을 쓴 우리는
늘 민낯의 파티에 목말라 한다는 것을 알고 있죠
이곳에서는 곧 소박한 파티가 펼쳐질 거예요

저 푸른 테이블에는 오래 상온 보관된 천 년산 노을 포도
주와
앙금 아닌 아름다웠던 기억의 침전물이 차분히 가라앉은
잘 숙성된 감정들만 놓여 있죠
꼭 동반 1인과 참석해야 맞지만 싱글이어도 괜찮아요
고독한 옷을 입은 섬들도 참석하기에
도시의 섬에 사는 우리와 같은 코드를 갖게 되죠

참, 금빛 드레스를 입은 당신의 신데렐라와
코발트빛 턱시도를 입은 당신의 신사는 없어요
서로 이웃인, 어시장 어귀에서 좌판을 펼치던 참한 아낙
이나
그물 작업에 능숙한 까무잡잡한 건전한 사내들뿐이니까요
나이 같은 것은 따지지 말아줘요
장소가 장소이니만큼

근사한 재즈나 샹송, 탱고 음악이 아닌
쌍고동에 맞춘 트로트가 흘러나올 수 있죠
참석자가 많아도 자칫 쓸쓸한 가을 바다일 수 있어
가벼운 수다는 필수예요
참, 입장료는 상대를 알아볼 수 있는 볼락*의 눈빛만 있
으면 되죠

그대, 오늘 이 파티에 참석하시겠지요?

---

*쏨뱅이목 양볼락과에 속하는 어류.

소

노인이 지나가면 갈색 옷 냄새가 났다
허리 휜 나무 그늘도 찾아와 등에서 쉬어가고
꼴을 다 내어놓은 망태도 제 몸을 뉘었다

노인의 하얀 눈썹이 길섶을 사로잡았다
아귀 잘 맞는 돌쩌귀 치아 사이로
몇몇 흰나비 떼도 들여놓고
억새잎 서로 부비는 계절도 전부 들여놓았다

노인의 등에서 순한 들풀냄새가 났다
한번도 풀독 오른 적 없었고
폐허를 일구다 서슬 퍼런 칼바람에 발굽이 둘로 갈라져도
몸져누운 지게를 먼저 가여워했다

노인이 올려다본 곳에는 회상의 언덕 하나 있었다
시선이 가자는 대로 가 닿기만 하면
진드기 아닌 풋잠에서 깨어난 고마리꽃이 어여삐 달라붙고
풀이 구름 떼를 한가로이 뜯다 목 축일 것을 찾으면
노인이 애정한 성긴 쇠스랑이
석 달 가뭄으로 막힌 들녘의 물꼬를 터주고 있었다

노인은 큰 기둥이었다

비만 오면 축사의 처마를 침침한 눈으로 떠받치고 있었는데

그럴 때마다 영악한 세월은 노인의 나이를 한 살씩 더 팔아

그 밑천으로 새 축사를 만들자는 제안을 하였다

그 후 노인은 뿔도 없이 이빨도 없이

축사 곳곳을 손보며 여물을 쑤고 있었다

지연구

제17회 수상자/ 2017년

2014년 『충북작가』 신인상. 2017년 평사리문학상
시 부문 대상. 2018년 김만중문학상 은상.

끈 혹은 줄에 관한 단상

택배로 부칠
상자를 묶을 포장 끈이 모자라
끈을 이어 묶다가 짧은 끈을 바라보네
애초부터 가진 끈이 짧았던 아버지
당신 끈을 내게 이어주려 무진 애를 쓰셨지
국민학교 사 년, 남의 집 더부살이
그 끈에 묶인 매듭이
모난 돌멩이처럼 늘 가슴에 배겨 아팠네
월요일 아침 애국 조회시간
줄서기가 삐뚤어져 얻어맞던 선생님의 회초리는
좋은 줄을 가져야 한다는 가르침 같았네
친구들의 질기고 화려한 나일론 줄에
새끼줄 같은 나의 끈을 슬쩍 묶어보았지만
신분이 다른 줄은 금세 풀어지고 말았네
시화공단, 꽤나 큰 포장끈 공장에서
삼십여 년 끈을 만지며 살았지만
늘어진 삶의 끈을 팽팽하게 당겨주지 못했네
너무나 느슨하고 헝클어져버려서
줄에 걸려 넘어진 생활이 동강동강 끊어지고 말았네
토막난 생활은

아무리 발버둥쳐도 다시 이을 수는 없었네
이어 묶은 끈으로 상자를 포장하고
매듭지어진 곳에 남은 끈을 잘라버리네
이어지지 않는 끈을
아버지도 그만 싹둑 잘라버리고 짧은 숨을 놓으셨지

포장 끝낸 상자를 우체국에 맡기고 돌아오는 거리
썩은 동아줄에 매달렸다 떨어지며 울부짖는*
호랑이 울음소리 여기저기 들리네
달님과 햇님이 된 아이들의 웃음소리도
간간이 들려오는 듯하네

---

* 전래 동화 「햇님 달님」에서 인용.

귀향 1

가리봉 오거리 밤바람에
은근슬쩍 속을 내보이는 손수레
뜨거운 몸의 붕어 누워 있다
수초 사이를 누비던 날렵한 몸매 화석이 되어가고
그린 듯 무늬만 겨우 남은 비늘에선
비린내 사라진 지 오래되었다
노릇노릇하게 익은 숨을 몰아쉬는
아가미를 찔러대는 꼬챙이
숨통을 조여온다
물결 푸른 강물 숨소리 귓가에 찰랑거릴 때
구워진 몸을 뒤집어보는
잠깐의 시간 동안 바라보는
길 건너 가로수 나뭇가지 사이로 눈이 내린다
몸이 익어 떠나간 자리마다
고소한 기름이 발라지면
백여만 원 급여에 목을 매는
비정규직 노동자들처럼
주인이 던져주는 단팥을
덥석덥석 받아먹고 있는 틀 속의 붕어들
몸이 점점 부풀어 둥둥 떠오르고 있다, 느물거리는

지렁이의 얄팍한 몸짓에 속아 떠나온
남한강 푸른 물결 속으로 돌아가고 싶은 붕어 몇 마리
사는 동안 비릿한 추억들 다시 만날지 몰라
퇴화되어가는 지느러미와
잘리고 남은 꼬리를 흔들어
종이봉투 속을 헤집으며
도시의 불빛 사이로 펄쩍 뛰어오른다

매화꽃

윗목에 쪼그리고 앉아
가늘고 굽은 손가락으로
바닥 흥건한 물감을 찍어 꽃을 피우네
뭉그적 몸을 옮길 때마다 툭툭 터지는 꽃망울들
울음을 울 듯 울 듯 눈을 찡긋거리네
윗목에서 피기 시작한 꽃은 방바닥을 가득 채우고
벽지에도 듬성듬성 피어나기 시작했네

얘야, 오늘은 꽃이 많이도 피었구나

어머니가 건강하셔서서 꽃이 많이 피었어요

꽃무더기 가득한 방
빼꼼한 틈을 찾는 어머니께
양은 세숫대야를 우그려
매화틀*을 만들어 드렸네

어머니, 이제 이곳에다 꽃을 심으세요

꽃밭이 좋아 꽃이 잘도 크겠구나

그런데 당신은 뉘시유?

매화꽃 장사예요, 어머니
소리치며 방금 심어놓은 듯 싱싱한 꽃송이를 꺾네

매화꽃 나무 아래 수줍게 웃던 새색시
어젯밤 꿈엔 아버지라도 만나보셨나
분홍 진달래꽃 흐드러진 이불 위에
홍매화 꽃 한아름 수북하게 피워놓으셨네

날이 갈수록 선명하게 흐려지는 꽃밭
어머니 홀로 외로이 거니시네

* 매화틀 : 궁중에서 왕이 사용하며, 가지고 다닐 수 있게 만든 변기통.

흔들리는 저녁

가을걷이들 몸을 푸는 와자한 웃음소리
피댓줄에 뒤엉켜 돌아가는 방앗간
쌀가마니엔 아버지 힘줄 불거진 손자국보다
빨간딱지 같은 지주 어른 검은 발자국이 먼저 찍혔다
입 하나 덜기 위해 시집가는
어린 누이 보내듯
쌀가마니를 빼앗긴 아버지가
어둠만을 지게에 지고 돌아오는 저녁
끼닛거리를 기다리던 어머니는
우물가로 달려가 냉수 한 사발을 말없이 들이켰다, 집집마다
셈을 마친 한해 농사가 연기로 피어오르는 저녁
먹을 것 없는 아궁이 커다란 입을 다물지 못하는 부엌에서
어머니의 눈물방울이 마른 설거지를 하고 있다
단내나는 여름 땡볕을 냉수 한 사발로 버티던
죽 한 그릇이면 하루가 거뜬하던 어머니의 눈물
배가 고픈 메리와 나는
어머니의 서러운 눈물을 주워 먹었다
보릿고개를 넘으며 빚진
겉보리 서 말을 챙기지 못한 몇몇이 찾아와
먹고 사는 것이 죄짓는 일이라며 아버지를 닦달할 때

102

메리와 나는 앞산 그림자 무섭게 다가서는 늦은 밤까지
벼 타작 끝난 마당을 돌고 또 돌았다
저녁밥을 얻어먹지 못한 메리는
꼬리를 흔들며 따라다니고
산다는 건 결코 죄짓는 일이 아니라는 듯
별들이 반짝였다

물배를 채운 메리와 내가
출렁출렁 흔들리며 표류하는 저녁

둔한 시

때때로 배를 곯던 어린 시절 덕분인지
나의 입맛은 아주 둔하다
짜거나 맵거나 달아서
배만 채울 수 있으면 그만이다
둔감한 입맛은
표정과 생각과 말투까지 둔하게 만들었는지
둔자라는 비아냥을 덩달아 듣는다
사람의 한 생애가
한 편의 시로 쓰여진다면, 나의 시는
형편없이 맹맹한 시가 되고도 남을 것이다
봄날의 햇살처럼 곱살스럽지 못하고
한여름의 소나기처럼 통통 튀지 못하는 생활, 그런
고집스럽게 미련함을 떨쳐보자고
두세 시간을 기다려야 맛볼 수 있다는
소문난 맛집을 찾아갔다
금빛 요란한 접시에 담긴 저 음식들이
용한 점쟁이처럼
잃어버린 나의 입맛을 찾아줄 수 있을까
맹탕 같은 나의 삶이
둔자를 닮은 맹하고 둔한 시가

혀에 닿기만 해도
소문처럼 살살 녹아내리게 할 수 있을까

입안에 고이는 침이 흥건하다

슬레이트 지붕과 개나리꽃

사람의 온기 빠져나간 자리에
옹색한 살림살이들만
옹송그리고 모여앉아
검버섯 핀 슬레이트를 지붕 삼아
비를 피하고 바람을 피하는 곳
쪽마루에 걸터앉아 안방을 기웃거리던
햇빛 한 움큼
흐드러진 곰팡이 꽃향기에 취해
풀썩 주저앉는 벽지를
안쓰럽게 바라본다
몇 해 전
요양원으로 떠나시며 어머니가 일러준
서로를 부둥켜안고
온기를 채우는 법을 배워가는
남겨지거나 버려진 것들에게, 혹은
어머니의 투박한 손금 같은 실금이
삶의 무늬처럼 곱게 패인
슬레이트 지붕 위로
뾰족하게 입을 내밀어 날려보내는
뒤란의 개나리꽃 웃음이

실금 따라 촘촘히
노랗게 박혀 있다

배롱나무

여행길에서 우연히 만났네
환한 얼굴 이쁜 표정 미끈한 몸매
사랑스런 그녀

이름이 어떻게 되세요?

슬며시 다가가 용기내어 물었지만
분홍빛 웃음만 화사하게 웃고 있네

햇살 좋은 길목에서
오가는 사람들과 눈맞춤하며
행복한 꿈을 꾸는 그녀

이렇게 만난 것도 인연인데
사진 한번 찍으시죠

매끈한 허리 안고 포즈 한번 잡았더니
간지럼을 타는지
배시시 웃는다
배롱배롱 웃는다

김향숙

제18회 수상자/ 2018년

2018년 평사리문학상 시 부문 대상. 2019년 경남신
문 신춘문예 시 부문 당선. 2019년 최충문학상 대
상 수상. 2019년 황순원디카시 대상 수상.

싸리나무

종아리에 싸리나무 흔적이 있네
아버지 꾸중이 다녀간 날이었네
천방지축의 나이
주먹을 쥐고 이를 앙다물 때
여린 싸리나무 회초리가 흔들리는 중심을 잡아주었네
눈물과 후회
원망이 묻어 있는 그 기억을 만지면
참싸리꽃으로 환하게 피어나네
소쿠리와 채반이 되던 싸리나무가
몸에 스며들어 나를 일으켰네
쓰디쓴 그 맛
종아리에 새겨진 문신이
약초가 되기까지 한참을 기다리는 동안
아버지가 나의 싸리나무였다는 걸 깨달아
내 여린 뼈가 단단히 여물어갔네
여름이 지날 때쯤 뒷산에 피던 분홍꽃
사방에 널렸어도 지나치기만 했는데
회초리를 든 아버지가 보이네
낭창낭창 휘어져도 부러지지 말라던 말씀
늙어 회초리를 들 기운조차 없으셔서

내가 싸릿대를 꺾었네
싸리꽃은 여전히 피어나고
밑줄을 긋던 말씀은
내 몸에 붉은 꽃으로 남아 있는데
아버지는 다시 피어나지 못하네
한 줌 싸릿대를 안고 산을 내려오는
내 가슴 깊은 곳에서
싸리꽃 붉게 피어나네

소나기와 손아귀의 유사성에 관한 연구

그가 소나기처럼 다가왔을 때 나는 두 팔을 벌렸다 내가 안고 있는 것은 무엇일까 순간 손아귀 속으로 새가 날아들었다 큰 빗방울이 지나간 손바닥에는 지도처럼 여러 갈래의 길이 있었다 펼쳐지지 못한 사유들이 뻗어가지 못하고 파닥였다 먹구름은 지금 도시를 지나 어디에 왈칵 쏟아낼까 궁리도 하기 전에 나는 손가락을 접었다 내가 받아안은 것은 소나기일까 손아귀일까 소나기가 더욱더 세차게 주먹을 폈다 빗줄기에도 도착해야 할 지도가 있다 여러 갈래의 길에서 구름이 손아귀를 움켜쥔다 접었다 펴니 등고선이 된다 번개는 어느 소나기에서 이는 기미일까 내가 들은 것은 하늘이 떨어지는 소리였다 손아귀에 딱 맞는 소리가 아니어서 천둥이 흘러내리고 오후 두 시가 흠뻑 젖었다 길가 넌출장미의 입술도 떨고 있었다 가시가 없는 나는 더 많이 울먹였고 더 많이 움츠러들었다 장미 비는 가시처럼 손 안에 박힐 수 없고 손안의 새는 뭔가를 그리움으로 부화하려고 애를 썼다 물이 깨지지 않도록 손을 둥글게 말고 그가 사라지는 방향으로 달렸다 한낮을 펴보니 빗소리가 새소리 같다 하늘의 빈손에 쩍쩍 가지가 뻗는다 내리치는 비는 삽시간을 몰아가는 소나기가 손아귀처럼 억세서 내 손을 피해갔다 갑자기 떨어지는 작달비는 그의 집을 향해 공기를

몰아갔다 손가락 힘은 약해서 세차게 쏟아지는 억수비를
막을 수 없고 내 손도 힘이 없어 움켜쥐지 못하고 그를 향
해 달려간다 도착해서 손가락을 펴니 소나기가 발자국 소
리를 몰고 가버렸다 빈손이다

생각의 각도

골똘한 것은 모가 나거나
예리한 각이 서 있다
그때의 각은 무딘 칼날 같아서
어떤 결정도 쉽게 자르지 못한다
각이 있는 생각을 펴면
방향의 본보기가 된다
사각이 편편하게 펴지면
마음은 순해지고
둥글게 도르르 굴러
웅크린 무릎을 일으키고
딱딱하게 굳은 표정을 푼다

플레어스커트의 원 안에
태양의 궤도 구름의 흐름 빗방울의 기울기
탱자나무 가시의 방향을 담는다
직각이 굴러 곡선으로 만난 커플
건축의 중요한 재료지만
각도를 좁히지 못해 여전히
빙글빙글 돌고 있는 사이들
어긋난 얼굴이 서로를 마주 보며

곡선을 만들 때
예각 직각 둔각 평각
시각의 크기만큼 각도가 변하면
무수한 길이와 간격이
차이와 견해차가 대립한다

장미꽃이 피면
예각은 자꾸 따끔거려
누군가를 찌르기 좋은 날이다

장마

국숫집 마당에 젖은 국숫발이
하얀 기저귀처럼 흔들린다

햇볕이 나면 보송보송 말려
시장 골목 구멍가게로 배달한다
국수값 몇 푼으로 유지하는 가족의 생계
갑자기 쏟아지는 소나기에 국수가락이 젖는 날에는
아버지 가슴에도 장대비가 내렸다
한숨으로 허기를 달래고
마르지 않는 궁핍으로 앞치마를 동여맸다

장마가 지면 근심도 길어져
밀가루를 온몸에 묻히고 국수를 뽑던 가장의 빈자리에
고단했던 시간들이 방울방울 맺혀 있다
국수가 길어지던 날 빗물에 풀려버린 끈
주인 없는 앞치마가
빈 벽에 걸려 비바람에 날리고 있다

하늘에서 가늘고 긴 소면이 내리는 날
물의 가락을 뒷산이 후루룩 말아먹는다

장마 때마다 국수를 드시는 아버지
산소 앞에 식구들을 불러놓고
잔치국수를 대접한다

국수 위로 쏟아지던 눈부신 햇살이
널린 국수가락 사이를 비집고
숨바꼭질하던 아이들 웃음소리가
국물 위로 떠오르는 밤

눅눅한 국수가락이 기억 속에 출렁이고
퉁퉁 불은 빗소리가 뒤척이는 밤을 적신다

단추의 어원

단추를 매달린 추라고 읽는다

한겨울 바람에 단추를 달아주고 싶다 앞섶이 열려 중심
이 허물어진 빈자리, 옷깃을 여미며 바람을 막는다

추를 단 가슴에는 구멍 몇 개 사이로 들어오는 빛의 무게
가 있어 틈을 메우고 똑바로 선다 단추는 중심에 모여야 한
다 풀어진 구멍 사이로 들어오는 앞섶은 어찔해서 한쪽으
로 기우뚱거렸다

보도블록에 자맥질하는 둥근 심중은 도르르 굴러 어디까
지 갔을까 실밥을 끊고 사라진 작은 기억들, 손을 놓은 추
는 누구를 기다리고 있을까

제자리를 놓치면 추가 기울어 틈이 벌어지고 간섭이 시
작된다 추를 빠뜨리고 걸어온 길을 한참 되돌아간다 질량
을 잃은 저울처럼 한쪽으로 기울어져 걷다가 수평을 잡아
주던 눈빛들, 따뜻한 한마디를 가슴에 달고 한 올의 볕에
쓰러진 마음을 일으킨다

한 사람이 한 사람의 중심으로 공손하게 움츠러든다 비좁게 파고들어 허방을 메우고 날뛰는 중심을 겨우 붙잡고 있다

추는 단번에 중심을 잡는 법이 없다 몇 번의 왕복과 자잘한 떨림 뒤에야 어떤 무게의 중심에 잠깐 머무르다 기어이 제 무게를 다시 허문다 무게의 중심을 구하는 것에 추가 머물렀던 그 잠깐을 빌리는 것이다

앞섶이란 중심을 채근받는 자리, 울렁거리고 흔들린다 저녁은 아침으로 다시 일어설 수 있고 놓친 것들은 어둠 쪽으로 기울어 가지만 한 줌 기쁨은 햇살이 되지 못한다

매달린 추가 가슴을 쥐고 흔들 때

명왕성 유일 전파사

모든 가전家電엔 명왕성冥王星 하나 두둥실 들어 있다 목숨 다하면 망가지는 것이 아니라 제 몫을 못하는 것이 제 명이라고, 별명이 백과사전인 그 사내는 모르는 게 없다 빛나는 지구도 저 없으면 돌지 않는다고 사십 년 기름때 묻은 공구함을 가리킨다 공구들의 명칭마다엔 알파벳 하나씩 휘어지고 벗겨진 곳곳에 일본식 표현이 살짝 묻어 있다

오일마다 망가진 것들이 몰려드는 난전亂廛, 배운 적 없는 어깨 너머의 기술로 만지작거리면 고장난 밥솥이 빨간 눈을 켜고, 커피포트 녹음기 선풍기와 마음 고장 심하게 난 이웃까지 불러 앉혀놓고 막걸리 한 잔 따라주면서 다독다독 고친다

십자와 일자, 플러스와 마이너스만 있으면 퇴출당한 명왕성도 거뜬히 고친다고 큰소리치는 명왕성 유일 전파사 그 사내

봄날이어서 수리 마친 가전들
저러다 파란 이파리들 막 돋아날까 걱정스러운데
고친 카세트 들고 집으로 가는 사람들
흥겨운 듯 절절한 트로트가 그 뒤를 따라간다

기슭을 만난 봄

기슭,
왠지 그쪽으로 기울고 싶습니다
그래서 벚꽃의 쌀쌀한
상담을 받았습니다

기슭을 타는 꽃
자의로 넘어진 쪽은 봄이었고
타의로 넘어진 쪽은
꽃 지는 가을이었습니다

벚나무가 왜 기슭을 좋아하는지
벚꽃이 왜 경사로 흩날리는지
그 속셈을 알 것 같습니다

수십 장의 봄을 넘기다
한 장의 봄을 오래 들여다보면서
알게 된 사실

기슭은,
봄이 넘어지는 쪽입니다

안이숲

제19회 수상자/ 2019년

본명 안광숙. 경남 산청 출생, 경상대학교 산업심
리학과 대학원 졸업. 2016년 개천문학대전 신인상
수상. 2017년 김유정 신인문학상 수상. 2017년『경
남문학』신인상 수상. 2019년 평사리문학상 시 부
문 대상.

멸치 똥

멸치 똥을 깐다
변비 앓은 채로 죽어 할 이야기 막힌

삶보다 긴 주검이 달라붙은 멸치를 염습하면
방부제 없이
잘 건조된 완벽한 미라 한 구
내게 말을 걸어온다
바다의 비밀을 까발려줄까 삶은 쓰고
생땀보다 짜다는 걸 미리 알려줄까, 까맣게 윤기 나는 멸치 똥

죽은 바다와
살아 있는 멸치의 꼬리지느러미에 새긴
섬세한 증언
까맣게 속 탄 말들
뜬눈으로 말라 우북우북 쌓인다

오동나무를 흉내낸 종이관 속에 오래 들어 있다가
사람들에게 팔려온
누군가의 입맛이 된 주검
소금기를 떠난 적이 없는

가슴을 모두 도려낸 멸치들 육수에 풍덩 빠져
한때 뜨거웠던 시절을 우려낸다

입 밖으로 내뱉지 못한 뼈를 남기고
객사한 미련들은 집을 떠나온 지 얼마만인가

잘 비운 주검 하나 끓이면
우러나는 파도는 더욱 진한 맛을 낸다

기차가 지나간다

기차가 지나간다 휙,
풍경만 남았다 휙,

창문을 가진 뱀은 꼬리를 감추고
넘어질 뻔했던 풀잎들 다시 제자리를 찾는다

현재는 지나갔으므로
지나간 것은 추억이다

당신은 오래 전에 기차를 탔지만
당신의 기억은 아직 내게서 출발하지 않았어
차가운 레일 위에는 한 방울의 눈물도 남아 있지 않았고
뱀은 제 흔적을
제 스스로 지나가면서 지운다

다 지나가지 않은 당신만큼이나
잘 소화되지 않는 기차역에 스르륵
소리 없이 다가오는 새벽
기억이 2등칸에서 김밥을 먹듯 무심하게

당신이 나를 지나갔더라도

아직,

지나가지 않은 것은 지나가지 않은 것이다

당신은 아직, 추억 속을 다 빠져 달아나면 안 된다

선인장

꿈은 걸어다니지 않는다
한자리에 서 있다
한자리에 앉아 사람을 뿌리내린다

한번 찔리면 전갈보다 위험한 말
몇 년 전 생각에 찔린 상처가 아직도 다 아물지 못한 채
옆구리께 붙어 수분 없이 살아남았는지
무뎌지지 않는
애인의 철없는 불만은 뾰족하다
볼록하게 솟아 얼굴 곳곳에 뾰루지를 키운다
마디를 뚝뚝 흘리며
급하게 달려온 땀방울은 가시가 되었다
직장을 잃고
사업이 망하고
또 새로운 사랑을 시작할 때까지
잘 마른 상처들은 모두 가시가 되었다

짧게 솟아나는 것들이
때론 길게 휘어지는 것보다 날카롭고 무섭다
짧아서 더 응축된 독소

삶이 목말라서 자꾸만 쌓여가는 갈증이 피부병처럼 돋아난다
그리움을 찌를 수 없어 스스로를 찌른다 해도

지독하게 꿈을 찔리면
푸른 심장에
스스로 독을 키우는 가시가 불쑥 돋아나기도 한다

감자의 둥지

땅속 깊은 곳까지 봄을 심은 건 누구일까
산책 나온 달이 갓 출산한 감자꽃에 머물다 가는 하얀 밤
스위치 같은 저 꽃잎을 켜서 줄기를 타고 내려가면
알 밴 감자들이 세 들어 살고 있을 거야
땅속 환하게 어둠을 불 밝히며
도란도란 뿌리내린 새끼감자들이 있을 거야
둥근 알들끼리 툭, 하고 어깨를 부딪혀도
상처가 나지 않아 마데카솔이 필요 없는 땅속 마을
날카로운 아카시아 뿌리가 신경줄기를 건드려도
거 참, 너털웃음 한번 웃고 나면
맛나게 풀리고 마는 순박한 이들의 터,
저 깊은 땅 밑에도
흙으로 막걸리를 빚어주는 지렁이의 집이 있고
짠 눈물과 더 고소하게 퍼져가는 사랑이 자라난다
언제부터인지 내가 서 있는 땅이 꼬물거린다
땅속의 소식을 알려주듯
갈라진 뒷굽을 타고 전신으로 퍼져 올라오는
따스한 이야기가 사는 마을
장난치던 바람이 뿌리혹박테리아를 빠져나오는 밤,
아직 동화가 살아 있는 지하 마을에는

통통하게 살찐 봄이 감자를 키우고 있을 거야
밭고랑 속, 빼곡한 어미들이
포슬포슬 알전구를 켜고 아이들의 구겨진 단잠을 다려
펴주겠지
새끼달이 강물 속에 태어난 지 한참 지난 오늘밤
노랗게 여물어가는 아랫마을,
온통 깜깜해서 더 눈부시게 익어간다

섬진강

퇴락한 가문의 까만 글씨들 건져 올린다
한 방향의 깊이로 살아온 내력
진양조의 물소리는 진중하다
고목이 된 버드나무가 나이테를 숨긴 채 머리 풀어 투신
한 자리
막다른 모래톱에서 기억은 알알이 부서지고
재첩의 등에 새겨놓은 유서를 읽기에는
글의 내용이 너무 매워
눈은 강물 속에서 길을 잃는다
뼈아픈 문장이 우려지는 뿌연 국물 맛으로
조개는 제 등에다
난독증을 앓는 어머니의 삶을 고스란히 기록하고 있다

살아서 한 글자도 해석하지 못한 당신의 눈빛처럼
내 삶도 어느 한쪽이 늘 휘어진 곡선이었다
하얀 맨발을 슬그머니 내민 채
물가에 볕을 쪼이는 조갯살
한 군데 모난 곳 없이 포근하던 엄마의 젖가슴처럼
직선의 뾰족한 내 성미를
부드럽게 토닥이며 떠나는 순간까지 곡선으로 풀어주던

저, 어머니의 언어

사리처럼 반짝이는 뼈를 드러낸 소식
배를 뒤집고 누운 촘촘한 이야기들 하구로 모여든다
물살이 머문 자리마다 낡은 슬레이트 지붕을 올린
착한 사람들이
서로 토닥이며 살고 있다

마디

살면서 굵어지지 않은 것들 어디 있을까

크고 작은 집,
보이지 않는 마디를 남기고
사춘기를 지나
갱년기의 마디를 키우고 있는 당신

마음이 자라면 굵은 마디를 이룬다
얼굴 한쪽이 찌그러지고
입술에서 나비가 절뚝거리며 입 밖으로 날아다닌다
힘든 시간을 보냈을 것이다
속을 비워내야만 더 단단하게 아물어지는
가지와 가지 사이
사랑을 잃고
또 새로운
사랑을 시작할 때까지
수없이 생긴 상처들은 마디가 되었다

가지를 뚝뚝 꺾으며 앞서가는 초침처럼
급한 마음으로 달려온 옹이들

죽기 살기로 버텼던 지난 시간,

모두 마디가 되었다

조개의 귀

귀는 재래시장에서 열린다
오래 묵은 다라이 속에서 반쯤 열리는
바쁜 사람들은 찾지 않는, 시장바닥 가장자리 모퉁이에
두레박처럼 슬그머니 걸쳐두는 귀

주검이 종류별로 널려 있는 좌판에서
산 채로 잡혀 온 몇 안 되는 인질이라면
시원한 바다 소리를 듣거나 옆길로 살짝 새기 위한 귀가
필요하다
싱거워진 물속에서 연골보다 부드러운
귀를 열어둔다

좁은 다라이 속 바닷물에
소쿠리가 한번 지나가면 조개는 잠시 귀를 움찔한다
멀미를 하다 깨어
물 밖으로 잠시 시원하게 뿜어보는 제 분수

조개는 입이 아니라
귀를 열어
국물 맛처럼 깊은 상처 다 실토하고 있는 중인가요

'평사리'라는 그곳

최영욱/ 시인, 토지문학제 운영위원장

지리산에서 쏟아져 내리는 물줄기를 모아 남해로 흐르던 섬진강이 악양에 이르러 거대한 산의 맥을 끊고선 찰진 들을 이룬다. 바로 여기가 민족이 숨쉬는 소리로 매듭지어지고, 한국문학의 거대한 맥점을 이룬 소설 『토지』의 이야기가 시작되고 맺음하는 곳, 하동군 악양면 평사리다. 실제로 900여 정보로 만석지기 한둘은 거뜬히 낼 만한 실로 찰진 들판이다. 여러 협곡을 거쳐 오면서도 금강이나 낙동강처럼 거대한 평야를 이루지 못했던 강은 그야말로 "아이를 가지지 못한 강"으로 불리다가 구례에 이르러 제법 튼실한 자식 하나 가졌다가 하동에 닿고서야 들다운 들을 품는 것이다.

2008년 5월 5일 작고하신 작가 박경리 선생이 대하소설 『토지』를 구상할 당시 작품의 배경지를 물색하던 중 우연히 연세대 대학원생이던 딸 고 김영주(전 토지문화관 관장)의

탱화 자료수집 여행에 동행하게 되었다가 평사리를 본 후 무릎을 쳤다 한다. "내가 찾던 곳이 바로 이곳이다"라고. 어느 사석에서 평사리를 『토지』의 무대로 삼게 된 것에 대해 다음과 같이 말한 바 있다.

"내가 경상도 안에서 작품의 무대를 찾으려 한 이유는 언어 때문이다. 통영에서 나서 자라고 진주에서 공부했던 나는 『토지』의 주인공들이 쓰게 될 토속적인 언어로써 경상도 이외 다른 지방의 말을 구사할 능력이 없었기 때문이다. 그러나 '만석꾼'이 나옴직할 만한 땅은 전라도에나 있었고, 경상도에서는 그만큼 광활한 토지를 발견하기 어려웠다. 평사리는 경상도의 어느 곳보다 넓은 들을 지니고 있었으며, 섬진강의 이미지와 지리산의 역사적 무게도 든든한 배경이 돼줄 수 있었기 때문이었다. 그래서 나는 평사리를 『토지』의 무대로 정했다."

이처럼 3박자가 고루 갖춰진 소설 속 무대를 찾기란 쉽지가 않았던 것이다. 병풍처럼 둘러쳐진 지리산 남부의 능선 능선들하며, 그 넓은 들 앞을 젖줄처럼 흐르는 섬진강의 역동성이야말로 안성맞춤이었던 것이다.

평사리는 상평과 하평으로 나뉘어져 있으며, 상평에는 60여 호, 하평에는 40여 호가 생활하고 있으나 이는 인위적 나눔일 뿐 한동네나 다름없다.

소설 속에 묘사된 부분이나 작가가 소설 시작 전 스케치

했던 지도를 종합해보면 소설 속의 주요 무대인 '최참판댁'은 상평마을에 속한 것으로 보인다. 1998년, 그 마을에 소설 『토지』속 '최참판댁'이 현실로 만들어지기 시작했다.

2001년 소설 속 '최참판댁' 준공을 앞두고 나는 원주로 달려갔다. 준공 이후의 '최참판댁'에 대한 활용방안을 찾다보니, 행정과 문학이 묘한 접점을 찾았던 것이다. 이는 〈토지문학제〉를 개최하여 박경리 선생의 문학적 업적을 기림과 동시에 한국문학을 이끌어나갈 후진 양성에 방점을 두고 선생님의 허락을 구하기 위한 방문이었다.

넙죽, 큰절부터 올렸다. 밝은 표정으로 우리 일행을 맞은 선생님께서는 하동군과 하동문인들의 제안서를 읽으신 다음, 완곡한 거절 의사를 전하셨다. 딱 그날로부터 일곱 번. 나의 원주 걸음은 계속되었다. 항상 '뒷전을 편히 여겼던' 선생님을 설득하여 승낙을 받아내기란 여간 어려운 것이 아니었고, 무엇보다도 당신 이름으로 제정되는 문학제나 문학상에 대한 심한 우려가 큰 벽이었다.

허나 나의 방문은 계속되었고 선생님께서도 마음을 여시기 시작했다. 마침내 승낙을 얻었으나, 문학제 명칭은 〈토지문학제〉로, 문학상 명칭은 '토지'나 '박경리'는 절대 양보할 수 없다는 선생님의 말씀을 따라 〈평사리문학상〉으로 정했다. 그해 11월 가을도 깊은 날, 마침내 선생님께서는 평사리를 방문하시게 된다. 물론 제1회 〈토지문학제〉에 참여하시기 위함이었다. 따님과 사위인 김지하 선생님을 비롯한 돌아가신 박완서, 정공채 선생님 등 많은 문인들께서 선생님의 평사리 방문에 같이 하셨다.

"전신이 떨렸다. 30여 년이 지난 뒤 작품의 현장에서 나는 비로소 『토지』를 실감했다. 서러움이었다. 세상에 태어나 삶을 잇는 서러움이었다"라고 말씀하셨지만 그게 어디 서러움만이었겠는가? 나는 공감했다. 허나 선생님의 평사리 방문이 그렇게 유쾌하지도 행복하지도 않게 느껴진 것은 그 다음이다. 이는 선생님의 성정과 철학에 기인한 것이라 다만 송구할 뿐이었다. 이틀 일정을 사흘로 늘리면서 진주여고 선배님도 찾아뵙고, 더러는 용돈도 드리고 원주로 돌아가신 선생님께서는 평사리 방문 소회를 참 깔끔하고도 소박하게 마무리하셨다. 이는 2001년 나남판 『토지』 서문에 잘 나타나 있는데, 이를 읽은 나는 부끄러워 죽을 뻔했다.

내가 선생님께 7년 동안 배운 것은 염치廉恥다. 이는 자연과 사람 모두에게 해당되는 것일 터인데, "집으로 돌아와서, 지금 나에게 남아 있는 것은 『토지』에 나오는 인물 같은 평사리마을의 할아버지, 할머니, 아주머니, 그리고 아저씨들의 소박하고 따뜻한 인간의 향기뿐 아무것도 없다. 충격과 감동, 서러움은 뜬구름같이, 바람에 날리는 나뭇잎같이 사라져버렸다. 다만 죄스러움이 가끔 마른침 삼키듯 마음 바닥에 떨어지곤 한다. 필시 관광용이 될 최참판댁 때문인데 또 하나, 지리산에 누를 끼친 것이 아닐까. 지리산의 수난은 아직 끝나지 않았다"라는 말씀에 주목하였기 때문일 터였다. 나는 선생님께 염치를 배웠지만 선생님의 서문을 읽고 그 염치없음에 부끄러웠던 것이다. 물론 지리산과 자연을 대하는 태도에서 말일 터이다.

그러나 〈토지문학제〉는 계속되었고, 지금까지 시, 소설, 수필, 동화에서 50여 명이 넘는 문인들을 배출하였다. '박경리'라는 큰 함자를 대신하는 '토지'라는 그 무게감에 모든 수상자들은 무거워했고 기뻐했고 들떠서 상을 받곤 돌아갔다. 그들은 지금도 '토지'와 '박경리'라는 그 무게감과 기쁨을 잊지 않고 작품에 정진하고 있을 것이다.

이제 〈토지문학제〉 스무해, 이 엄한 '자가묵언' 시대를 함께하는 문인, 독자 여러분께 〈평사리문학상〉 시 부문 대상 수상자들이 엮은 이 시집에서 위로와 공감을 얻길 기대해본다. 옥고를 보태신 역대 수상자들께 고마움을 전한다.

평사리문학상 시 부문 대상 수상자 시집 **Ⅰ**

입김이 닿는 거리

지은이_ 이해리 외
펴낸이_ 조현석
기 획_ 고영, 박후기
펴낸곳_ 북인
디자인_ 푸른영토

1판 1쇄_ 2020년 10월 09일
출판등록번호_ 313 - 2004 - 000111
주소_ 121 - 842 서울 마포구 서교동 467 - 4, 301호
전화_ 02 - 323 - 7767
팩스_ 02 - 323 - 7845

ISBN 979-11-6512-013-9   03810
ⓒ 이해리 외, 2020

이 도서의 국립중앙도서관 출판예정도서목록(CIP)은 서지정보유통지원시스템
홈페이지(http://seoji.nl.go.kr)와 국가자료종합목록시스템(http://www.nl.go.kr/
kolisnet)에서 이용하실 수 있습니다. (CIP제어번호 : CIP2020039997)